AF324943

Vente du 21 Novembre 1892

ESTAMPES

Gravures au Burin

EAUX-FORTES MODERNES

Collection de M. B...

<table>
<tr><td>Me Maurice DELESTRE</td><td>M. L. DUMONT</td></tr>
<tr><td>COMMISSAIRE-PRISEUR</td><td>EXPERT, MARCHAND D'ESTAMPES</td></tr>
<tr><td>Rue Drouot, 27</td><td>Rue Laffitte, 27</td></tr>
</table>

PARIS — 1892

IMPRIMERIE MAULDE et RENOU

A. MAULDE & Cie

IMPRIMEURS DE LA COMPAGNIE DES COMMISSAIRES-PRISEURS

Rue de Rivoli, 144

Vente du Lundi 21 Novembre 1892

EAUX-FORTES MODERNES

Boilvin, Bracquemond, Champollion, Fortuny

Gaujean, Gautier, Jacquemart

Kratké, Laguillermie, Lalauze, Le Rat, Meissonier, Milius, Rajon

Toussaint, Waltner, etc.

GRAVURES AU BURIN

Burney, Didier, Gaillard, Lévy, Massard, etc.

EAUX-FORTES DE CH. MÉRYON

Provenant de la Collection de M. B...

Dont la vente aux enchères publiques aura lieu

HOTEL DES COMMISSAIRES-PRISEURS

RUE DROUOT, 9, SALLE Nᵒ 8

Le Lundi 21 Novembre 1892

à une heure et demie précise

Par le ministère de | Assisté de
Mᵉ Maurice DELESTRE | **M. L. DUMONT**
COMMISSAIRE-PRISEUR | EXPERT, MARCHAND D'ESTAMPES
Rue Drouot, 27 | Rue Laffitte, 27

PARIS — 1892

CONDITIONS DE LA VENTE

Elle sera faite au comptant.

Les Acquéreurs paieront CINQ POUR CENT en sus des enchères applicables aux frais.

L'ordre du Catalogue sera suivi.

MM. les Amateurs pourront visiter la Collection chez **M. DUMONT,** *rue Laffitte, 27, pendant les huit jours précédant la vente, de une heure à six heures du soir.*

M. DUMONT *se charge des commissions des Amateurs qui ne pourraient assister à la vente.*

DESIGNATION

ABOT, VARIN

1 — Jules et Edmond de Goncourt.

    Deux pièces, très belles épreuves d'artiste sur Japon.

BICHARD (Géry)

2 — Sainte Famille, d'après Raibolini. — Le Giorgone.

    Deux pièces, très belles épreuves d'artiste.

BILLY (Ch. de)

3 — Les Enfants du comte d'Artois, d'après Drouais.

    Très belle épreuve d'artiste sur Japon. Signée.

DE BILLY, COUTIL

4 — La Famille de Loth, d'après Rubens. — L'Odorat, d'après Téniers. — Le Fils du Titien, d'après Maignan.

    Trois pièces, très belles épreuves d'artiste sur Japon.

BOILVIN (E.)

5 — Agacerie.

    Très belle épreuve d'artiste sur Chine.

BOILVIN (E.)

6 — Le Roman comique, pièce inédite des sonnets et
eaux-fortes.

> Très belle épreuve d'artiste.

7 — Bivouac pendant le blocus, à Metz.

> Très belle épreuve d'artiste.

8 — La Fuite à dessein, d'après FRAGONARD.

> Très belle épreuve d'artiste.

9 — La Dame au gant, d'après Frans HALS. — La Dame
au parasol, d'après LANCRET. — L'heureuse Mère,
d'après BOUCHER.

> Trois pièces, belles épreuves, dont deux d'artiste.

BOULARD

10 — Fantasia, d'après FROMENTIN. — L'Agitateur du
Languedoc, d'après J.-P. LAURENS.

> Deux pièces, très belles épreuves d'artiste.

BRACQUEMOND (F.)

11 — La Servante, d'après LEYS.

> Très belle épreuve d'artiste du deuxième état, avant que l'œuf
> ait été modelé.

12 — Le Miroir, d'après CHAPLIN.

> Belle épreuve avant la lettre.

13 — Saint Basile, d'après HERRÉRA LE VIEUX.

> Très belle épreuve d'artiste sur papier ancien.

14 — Un Camp en Algérie, d'après H. VERNET.

> Très belle épreuve d'artiste sur papier ancien.

15 — Le Nouveau-Né, d'après MILLET.

> Belle épreuve.

BRACQUEMOND, CHENAY, etc.

16 — Th. Gautier. — Balzac. — Janin. — Mlle Georges. — A. Daudet.

Six pièces, très belles épreuves dont deux d'artiste.

BRUNET-DEBAINES

17 — Daphnis et Chloé, d'après Français.

Très belle épreuve d'artiste sur Chine.

BULAND (E.)

18 — La Vente de l'Agneau, d'après Outin.

Très belle épreuve d'artiste avec remarque.

BURNEY (E.)

19 — La Chocolatière, d'après Liotard.

Superbe épreuve d'artiste sur Chine. Signée.

20 — Le pape Innocent X.

Très belle épreuve d'artiste sur Chine. Signée.

21 — La même Estampe.

Très belle épreuve d'artiste. Signée.

22 — Mgr Guibert, archevêque de Paris.

Trois pièces, très belles épreuves d'artiste.

CASTAN

23 — Drolling, d'après Biennourry.

Très belle épreuve d'artiste sur Chine.

CHAMPOLLION (E.)

24 — Un Coin de jardin, d'après Casanova.

Très belle épreuve d'artiste.

CHAMPOLLION (E.)

25 — La même Estampe.

Belle épreuve.

26 — Femme couchée, d'après LEFEBVRE.

Très belle épreuve d'artiste.

27 — Sur la Falaise, d'après DUEZ. — Fête de village, d'après LANCRET. — Portrait, d'après HOLBEIN.

Quatre pièces, très belles épreuves dont trois d'artiste.

CHAUVEL (TH.)

28 — Vue de Hollande, d'après JONGKIND.

Très belle épreuve d'artiste sur Japon

COURTRY (CH.)

29 — Chardin. — Lancret.

Deux pièces, très belles épreuves d'artiste.

30 — Mᵐᵉ de Pompadour, d'après BOUCHER.

Très belle épreuve d'artiste.

31 — Mᵐᵉ Feydeau, d'après C. DURAN.

Très belle épreuve d'artiste.

32 — La Fille de Charles Iᵉʳ, d'après V. DYCK. — André del Sarte.

Deux pièces, très belles épreuves d'artiste.

33 — Les vieilles Femmes de la place Navone, d'après R. FLEURY.

Très belle épreuve d'artiste sur Chine.

DAMMAN (B.)

34 — La Prière, d'après FORTUNY.

Très belle épreuve d'artiste sur Japon. Signée.

DAMMAN (B.)

35 — La Femme au puits, d'après J.-F. MILLET.

Belle épreuve.

36 — Jeune Fille, d'après GREUZE. — Portrait, d'après REYNOLDS, etc.

Trois pièces, très belles épreuves d'artiste.

DANGUIN

37 — Apollon et les Muses, d'après MANTEGNA.

Très belle épreuve d'artiste sur Chine, avec dédicace.

DEBLOIS (C.)

38 — Jeune Femme couchée, d'après L. DOUCET.

Très belle épreuve d'artiste.

DESMOULINS

39 — Parisienne, d'après L. ABBÉMA. — Spérata, d'après HENNER.

Deux pièces, très belles épreuves d'artiste avec remarque.

DETAILLE

40 — Vedette de cuirassier.

Très belle épreuve d'artiste.

DEVACHEZ

41 — Calamatta, d'après INGRES.

Très belle épreuve, avant la lettre, sur Chine.

DEVEAUX

42 — Cardinal Richelieu, d'après PH. DE CHAMPAIGNE.

Très belle épreuve d'artiste sur Chine.

DIDIER (A.)

43 — La Vierge à l'églantine. — Françoise de Rimini, d'après INGRES. — Mélodie, d'après HÉBERT.

Trois pièces, très belles épreuves d'artiste.

DUPONT

44 — Le Printemps, d'après ALLINGHAM.

Très belle épreuve d'artiste.

FAIVRE

45 — Portrait d'Homme, d'après REMBRANDT. — La Toilette, d'après TERBURG, etc.

Trois pièces, très belles épreuves d'artiste dont une avec remarque. Signée.

FLAMENG (L.)

46 — Angélique, d'après INGRES.

Très belle épreuve d'artiste sur Chine.

47 — Diplôme des belles Actions, d'après MAZEROLLE.

Très belle épreuve sur Chine.

48 — Jésus guérissant les malades, d'après REMBRANDT. (Pièce aux cent florins.)

Très belle épreuve d'artiste.

49 — La Ronde de nuit, d'après REMBRANDT.

Très belle épreuve d'artiste sur parchemin. Signée.

50 — La Leçon d'Anatomie, d'après REMBRANDT.

Très belle épreuve d'artiste.

51 — Jésus bénissant les enfants, d'après REMBRANDT.

Très belle épreuve d'artiste sur Chine.

52 — La fin de la Journée, d'après J. BRETON.

Très belle épreuve d'artiste avec remarque sur Japon. Signée.

FLAMENG (L.)

53 — Henri IV et l'Ambassadeur d'Espagne.

Très belle épreuve d'artiste sur Chine.

54 — Bernard l'Ermite prêchant la croisade, d'après JOHN GILBERT.

Très belle épreuve d'artiste.

55 — Le Lutrin, d'après F. FLAMENG.

Très belle épreuve d'artiste.

56 — Mme Pasca, d'après BONNAT.

Très belle épreuve d'artiste sur Chine.

57 — Adam (Mme Edmond).

Très belle épreuve d'artiste sur Japon.

58 — Molière, d'après LELOIR. — Infante, d'après VÉLASQUEZ. — Marino Faliero, d'après DELACROIX. — L'Astronome, VAN DER MEER. — Jeune Fille, GREUZE.

Cinq pièces, très belles épreuves d'artiste.

59 — La Vierge, d'après HEMLING. — L'Abreuvoir, d'après TROYON. — Sortie de la Mosquée, d'après MOUCHOT, etc.

Quatre pièces, très belles épreuves d'artiste.

60 — François de Borgia devant le tombeau d'Isabelle de Portugal, d'après J.-P. LAURENS. — L'Astronome, d'après VAN DER MEER. — Hille Bobbe, d'après FRANS HALS, etc.

Quatre pièces, très belles épreuves d'artiste.

61 — Le Duc Job. — Un Père de l'Église.

Deux pièces, très belles épreuves d'artiste.

62 — La Source. — Angélique, d'après INGRES.

Deux pièces, belles épreuves sur Chine.

FLAMENG (L.)

63 — The blue boy. — Miss Graham, d'après Gainsbo-
ROUGH.

Deux pièces, belles épreuves sur Chine.

64 — Arlequin, d'après Nilson. — Jeune Fille, d'après
A. Duval. — Sophia Mathilda, d'après Reynolds. —
Charge d'artillerie. — Héliodore, etc.

Sept pièces, belles épreuves sur Chine.

FONCE (C.)

65 — Le Pont de Mantes, d'après Corot.

Très belle épreuve d'artiste avec remarque. Signée.

FORTUNY (D'après)

66 — Costumes du temps de Goya.

Deux pièces, belles épreuves.

FOULQUIER

67 — Une Barque. — Falaise au bourg d'Ault. — Ra-
masseuses de galets. — L'Orage. — Avant-Port à
Cherbourg. — Chercheuses de vers. — Rentrée des
Pêcheurs. — La Prière.

Suite complète de huit pièces, belles épreuves.

FRANÇOIS

68 — La Vierge de Manchester, d'après Raphael. — Le
Génie captif, d'après P. Delaroche. — Romulus. —
Jésus et les Docteurs, d'après Ingres.

Quatre pièces, belles épreuves sur Chine.

FROMENTIN (D'après)

69 — Berger kabyle.

Belle épreuve.

GAUCHEREL

70 — Salon de 1757. d'après G. de Saint-Aubin.
Très belle épreuve d'artiste.

GAILLARD (Fr.)

71 — La Vierge de la Maison d'Orléans, d'après Raphael.
Très belle épreuve, avant la lettre, sur Chine.

72 — La même Estampe.
Belle épreuve sur Chine.

73 — OEdipe et le Sphinx, d'après Ingres.
Très belle épreuve d'artiste sur Chine.

74 — La Vierge au Donateur, d'après J. Bellin. —
Gattamelata.
Deux pièces, belles épreuves sur Chine.

75 — OEdipe, d'après Ingres. — Le Condottière. — Vierge
au Donateur.
Trois pièces, belles épreuves.

GAUJEAN (E.)

76 — La Marquise du Châtelet, d'après Nattier.
Très belle épreuve d'artiste avec remarque.

77 — Sainte Cécile, d'après Van Eyck.
Très belle épreuve d'artiste sur Chine.

78 — La Vierge, Saint Georges et Saint Donatien,
d'après Van Eyck.
Très belle épreuve d'artiste sur Japon.

79 — Paysage, d'après Daubigny.
Très belle épreuve d'artiste.

80 — La Fortune et le jeune Enfant, d'après Baudry.
Très belle épreuve d'artiste sur Japon. Remarque.

GAUJEAN (E.)

81 — L'Enfant aux cerises, d'après John RUSSELL.

Très belle épreuve d'artiste sur Japon.

82 — Les Fileuses, d'après VELASQUEZ. — Le Pied-Bot, d'après RIBERA.

Deux pièces, très belles épreuves d'artiste.

83 — Les Enfants de Charles Ier, d'après VAN DYCK. — Gardiner, d'après HOLBEIN. — Portrait de cardinal.

Trois pièces, très belles épreuves d'artiste.

84 — Les Énervés de Jumièges, d'après LUMINAIS.

Deux pièces, très belles épreuves d'artiste, dont une sur Japon, signée du peintre et du graveur.

85 — Jeune Fille, d'après GREUZE.

Eau-forte en couleur, très belle épreuve d'artiste sur Japon . Signée.

86 — Les Baigneuses, d'après FRAGONARD.

Eau-forte en couleur. Très belle épreuve d'artiste avec remarque sur Japon.

87 — Bohémiens devant Louis XI, d'après COMTE. — La Laitière, d'après RENOUARD. — Au Skating.

Trois pièces, très belles épreuves d'artiste.

88 — La Madone de San Zéno, d'après MANTÉGNA.

Belle épreuve sur Chine.

GAUTIER (L.)

89 — Château de Chillon.

Très belle épreuve d'artiste avec remarque sur Japon. Signée

90 — Le Rialto.

Très belle épreuve d'artiste avec remarque. Signée.

91 — L'Étang.

Très belle épreuve d'artiste sur Japon.

GAUTIER (L.)

92 — La dernière Rose.

> Très belle épreuve d'artiste avec remarque sur Japon.

93 — Le Pont des Saints-Pères.

> Très belle épreuve d'artiste avec remarque. Signée.

GILBERT (A.)

94 — Van Loo et sa famille, d'après lui-même.

> Très belle épreuve d'artiste.

95 — Les Tisserands. — Kermesse. — Une Rixe. — Marin, d'après RIBOT, etc.

> Cinq pièces, belles épreuves d'artiste.

GRAVIER

96 — Portrait de Lady X..., d'après W. OLIVER.

> Très belle épreuve d'artiste avec remarque sur Chine.

GREUX (G.)

97 — Tourmente de neige, d'après SCHENCK. — Paysage, d'après HOBBÉMA. — Incroyable, etc.

> Cinq pièces, très belles épreuves d'artiste.

HANRIOT

98 — Femme au masque, d'après GERVEX. — Source, d'après LEFEBVRE. — Nymphe, d'après HENNER.

> Trois pièces, très belles épreuves d'artiste.

99 — Au Bord de la mer, d'après PINCHARD. — La Veuve. — Jeune Enfant, d'après BRION.

> Trois pièces, très belles épreuves d'artiste.

HAUSSOULLIER (W.)

100 — La Visitation, d'après Ghirlandajo.

> Très belle épreuve, avant la lettre, sur Chine.

101 — Le Mariage, d'après G. Boulanger.

> Très belle épreuve sur Chine.

HAUSSOULLIER, BELLAY

102 — L'Odalisque à l'esclave, d'après Ingres. — Fragments de la Dispute du Saint-Sacrement, d'après Raphael.

> Quatre pièces, très belles épreuves dont deux d'artiste.

HÉDOUIN (Edm.)

103 — Le Printemps. — Paysanne ossalaise. — Aïscha.

> Trois pièces, très belles épreuves d'artiste sur Chine.

HENRIQUEL-DUPONT

104 — Sauvageot.

> Très belle épreuve d'artiste.

JACQUEMART (J.)

105 — Wilhem van Heythuysen, d'après F. Hals. — Rembrandt, deux épreuves.

> Trois pièces, très belles épreuves d'artiste.

106 — Le Soldat et la Fillette qui rit, d'après Van der Meer.

> Très belle épreuve d'artiste sur Chine.

107 — Vase de Vincennes. — Tasses et Soucoupes. — Cassolette.

> Trois pièces, très belles épreuves d'artiste.

JACQUEMART (J.)

108 — Reliures anciennes.
Neuf pièces, belles épreuves.

109 — Moïse. — Le Supplicié. — L'Orage, d'après GREUZE. — Avant le Bal. — A Fécamp.
Cinq pièces, belles épreuves.

110 — Un Génoise. — Plantes de serre. — Frontispice.
Trois pièces, belles épreuves.

111 — Souvenirs de voyage. — Triptyque. — Portraits.
Quatre pièces, très belles épreuves.

112 — Sir Richard Wallace. — Jacob Van Veen. — Rembrandt, etc.
Quatre pièces, belles épreuves.

JACQUET (A.)

113 — Le Courage militaire, d'après P. DUBOIS.
Très belle épreuve d'artiste sur Chine. Signée.

JACQUET (JULES)

114 — L'Aurore, d'après J. LEFEBVRE.
Très belle épreuve sur Chine.

JASINSKI

115 — La Dame rose, d'après STEVENS.
Très belle épreuve d'artiste sur parchemin. Signée.

116 — La même Estampe.
Très belle épreuve d'artiste sur Japon.

KŒPPING

117 — Les Rodeurs de nuit, d'après MUNKACSY.
Très belle épreuve d'artiste sur Japon.

KŒPPING

118 — François Ier, d'après LE TITIEN. — Gentilhomme, d'après MORONI, etc.

Trois pièces, très belles épreuves d'artiste sur Japon.

KRATKÉ (L.)

119 — L'Arquebusier, d'après FORTUNY.

Très belle épreuve d'artiste sur Japon. Signée.

120 — La Baratteuse, d'après J.-B. MILLET.

Très belle épreuve d'artiste avec remarque sur parchemin. Signée.

121 — La même Estampe.

Belle épreuve.

122 — La Fileuse, d'après J.-F. MILLET.

Très belle épreuve d'artiste avec remarque sur Japon.

LAGUILLERMIE

123 — L'Etat-Major autrichien devant le corps de Marceau, d'après J.-P. LAURENS.

Très belle épreuve d'artiste sur Chine. Signée.

124 — Gulliver, d'après VIBERT.

Très belle épreuve d'artiste sur Japon.

125 — La Reddition de la ville de Bréda, d'après VELASQUEZ.

Très belle épreuve d'artiste sur Chine.

LAGUILLERMIE, LE COUTEUX, ETC.

126 — A la porte du Sérail. — Brunehaut, d'après LUMINAIS. — Les Bulles de savon, d'après CHAPLIN.

Quatre pièces, très belles épreuves d'artiste.

LAGUILLERMIE, LE RAT

127 — Un Cavalier, d'après FRANS HALS. — Tête de Vieillard, d'après HOOGSTRATEN. — Portraits.

>Quatre pièces, belles épreuves.

LALAUZE (A.)

128 — Molière chez Louis XIV, d'après VETTER.

>Très belle épreuve, avant lettre, sur Chine.

129 — Avant l'attaque. — Souvenir de Longchamps, d'après DETAILLE, etc.

>Trois pièces, très belles épreuves d'artiste.

130 — La Balançoire. — Le Guet-Apens.

>Deux pièces, très belles épreuves d'artiste sur Chine.

LAMY (D'après E.)

131 — A. de Musset, par LEGENISEL.

>Très belle épreuve d'artiste.

LEFORT (H.)

132 — Farewell, d'après STEVENS.

>Belle épreuve.

133 — Pasteur, d'après EDELFELT.

>Très belle épreuve d'artiste.

134 — Le Printemps. — L'Automne, d'après STEVENS

>Deux pièces, belles épreuves.

H. LEFORT, LEENHOFF

135 — La mère de Rembrandt. — Portrait de Dame âgée, etc.

>Trois pièces, très belles épreuves d'artiste.

LE RAT (P.)

136 — Prière au Désert, d'après FROMENTIN. — Portrait d'Homme, d'après HOLBEIN. — Christ en ivoire.

Trois pièces, très belles épreuves d'artiste.

137 — Tailleur, d'après MORONI. — Orphée et Eurydice.

Quatre pièces, très belles épreuves d'artiste.

138 — Couseuse. — La Bouillie. — Poverella.

Trois pièces, très belles épreuves d'artiste.

139 — Statuettes, Buste, Objets d'art, de la collection de M. THIERS.

Six pièces, très belles épreuves d'artiste.

LE RAT, COURTRY

140 — Statuettes, Vases, Epées, Mascarons, Objets d'Art, etc.

Huit pièces, très belles épreuves d'artiste.

LÉVY (G.)

141 — Cabanel, d'après lui-même.

Très belle épreuve d'artiste sur Chine, avec dédicace.

142 — Ph. de Gondi. — Mazarin.

Deux pièces, très belles épreuves d'artiste sur Chine.

LOSSOW, etc.

143 — Only for friends. — La Fortune et le jeune Enfant, etc.

Quatre pièces, belles épreuves d'artiste.

LOUIS (ARISTIDE)

144 — Bérat, d'après P. DELAROCHE.

Très belle épreuve d'artiste sur Chine.

LUCAS

145 — Le Pansement, d'après Desrousseaux.

Très belle épreuve d'artiste avec remarque sur Chine. Signée.

MAKART (D'après H.)

146 — Entrée de Charles-Quint à Anvers.

Photogravure, belle épreuve sur Chine.

MARTIN

147 — La Sortie du Port, d'après T. Weber.

Belle épreuve.

MASSARD (L.)

148 — Cardinal Lavigerie, d'après Bonnat.

Très belle épreuve d'artiste.

149 — Thiers. — J. Grévy, d'après Bonnat.

Deux pièces, très belles épreuves d'artiste sur Japon.

150 — Une jeune Veuve, d'après Greuze.

Cinq épreuves dont trois d'artiste avec remarque.

151 — Portraits pour illustrations (xviie siècle).

Dix pièces, très belles épreuves d'artiste.

MASSÉ (F.)

152 — L'Excommunication de Robert le Pieux, d'après J.-P. Laurens.

Très belle épreuve d'artiste sur Chine.

MASSON

153 — Retour des champs, d'après Pattein. — Portrait de Rembrandt.

Deux pièces, très belles épreuves d'artiste avec remarque.

MATHEY (A.)

154 — Rodolphe II, chez son Alchimiste, d'après Brozik.
> Très belle épreuve d'artiste sur Japon avec dédicace.

155 — Le Chien au canard, d'après Troyon.
> Très belle épreuve.

MEISSONIER

156 — Le Polichinelle.
> Très belle épreuve sur grand papier.

157 — Le Sergent rapporteur.
> Très belle épreuve.

MEISSONIER (D'après)

158 — Son Portrait, d'après lui-même, par Wallet.
> Très belle épreuve d'artiste. Signée.

159 — Son Portrait, d'après lui-même, par Regnault.
> Très belle épreuve.

160 — Gentilhomme Louis XIII, par Ch. Blanc.
> Très belle épreuve d'artiste.

161 — Officier Louis XIII, par Gilbert.
> Très belle épreuve d'artiste sur Japon. Signée.

162 — Les Amateurs d'estampes, par Courtry.
> Très belle épreuve d'artiste. Signée.

163 — La Vedette, par Le Rat.
> Très belle épreuve d'artiste sur Japon.

164 — La Barricade. — Le Convoi, par T. de Mare.
> Deux pièces, très belles épreuves d'artiste sur Japon. Signées.

165 — Le Graveur à l'eau-forte, par Rajon.
> Très belle épreuve d'artiste.

MEISSONIER (D'après)

166 — La Halte, par FLAMENG.

Belle épreuve sur Chine.

167 — Le Liseur, par JACQUEMART.

Belle épreuve.

168 — Arquebusier, par DUVIVIER.

Très belle épreuve d'artiste.

169 — Le Porte-Drapeau, par DELTEIL.

Deux pièces, très belles épreuves d'état dont une signée.

170 — L'Audience, par CAREY.

Très belle épreuve.

171 — Le Joueur de guitare, par MOUILLERON.

Très belle épreuve d'artiste sur Chine.

172 — Le Hallebardier, par DESCLAUX. — Le Liseur, par CAREY.

Trois pièces, belles épreuves.

MÉRYON (Ch.)

173 — Son Portrait, par BRACQUEMOND.

Très belle épreuve d'artiste sur Japon.

174 — La rue Pirouette, aux Halles. (N° 24 du Catalogue de l'œuvre de Ch. Méryon), par M. Ph. BURTY.

Très belle épreuve avec les initiales C M et L sur la cheminée.

175 — Partie de la Cité de Paris (28).

Très belle épreuve.

176 — Eaux-Fortes sur Paris, titre (31).

Deux épreuves dont une sur papier bleu.

177 — Armes symboliques de la Ville de Paris (35).

Très belle épreuve.

MÉRYON (Ch.)

178 — Le Petit Pont (38).

Très belle épreuve avant le nom et les adresses.

179 — La même Estampe.

Très belle épreuve.

180 — La rue des Mauvais-Garçons (41).

Très belle épreuve. Rare.

181 — La Tour de l'Horloge (42).

Très belle épreuve.

182 — La même Estampe.

Belle épreuve.

183 — Tourelle, rue de la Tixéranderie (43).

Superbe épreuve avant l'adresse de Delâtre.

184 — La même Estampe.

Très belle épreuve du même état.

185 — La Pompe Notre-Dame (45).

Très belle épreuve avec le nom de Méryon et l'adresse rue Saint-Étienne-du-Mont.

186 — La même Estampe.

Belle épreuve du même état.

187 — La même Estampe.

Belle épreuve.

188 — La petite Pompe (46).

Très belle épreuve.

189 — Le Pont-Neuf (47).

Très belle épreuve avec la cheminée de la Monnaie.

190 — La même Estampe.

Très belle épreuve du même état.

MÉRYON (Ch.)

191 — La même Estampe.
Très belle épreuve.

192 — L'Abside Notre-Dame (52).
Très belle épreuve avec le nom et l'adresse de Delâtre.

193 — Le Tombeau de Molière (53).
Très belle épreuve.

194 — La Rue des Chantres, à Paris (56).
Très belle épreuve.

195 — La Rue des Toiles, à Bourges (58).
Très belle épreuve.

196 — Rébus « Béranger. » (78).
Très belle épreuve.

197 — Le Ministère de la Marine (82).
Très belle épreuve.

198 — Collège Henri IV (83).
Très belle épreuve.

199 — Casimir Lecomte (88).
Très belle épreuve d'artiste sur Chine, avec dédicace.

200 — La Passerelle du Pont-au-Change.
Très belle épreuve sur Chine.

METZMACHER

201 — Lincoln, président des Etats-Unis.
Très belle épreuve d'artiste sur Chine.

MILIUS (F.)

202 — Autour d'une Partition, d'après AUBLET.
Très belle épreuve d'artiste.

MILIUS (F.)

203 — Le Moulin, d'après HOBBÉMA.

> Très belle épreuve d'artiste sur Chine.

204 — Portrait de jeune Fille, d'après VÉRONÈSE.

> Très belle épreuve d'artiste avec remarque sur Japon. Signée.

205 — Sauvage, d'après DOUVÉ.

> Très belle épreuve d'artiste sur Japon.

206 — Mérignac.

> Très belle épreuve d'artiste sur Japon. Signée.

207 — Salle d'Armes Mérignac. — Bertrand Daressy. — — Professeurs d'escrime.

> Trois pièces, très belles épreuves d'artiste. Signées.

208 — Triomphe de Marat. — Fête à Venise, d'après GUARDI. — Allégorie, d'après RUBENS, etc.

> Quatre pièces, très belles épreuves d'artiste. Signées.

MILIUS, MASSARD, etc.

209 — La Visite, d'après PIETER DE HOOG. — Marine, d'après VAN DE VELDE. — Caïn, etc., etc.

> Quatre pièces, très belles épreuves d'artiste.

MILLET (D'après)

210 — La Leçon de Couture, par RODRIGUES.

> Très belle épreuve d'artiste avec remarque sur parchemin. Signée.

211 — La Becquée, par RODRIGUES.

> Très belle épreuve d'artiste avec remarque sur Japon. Signée.

MONGIN (A.)

212 — La Bohémienne, d'après FRANS HALS.—L'Attente, d'après STEVENS.

> Deux pièces, très belles épreuves d'artiste sur Japon.

MONNIN

213 — Le Bain. — Femme couchée, d'après J. LEFEBVRE.

Quatre pièces, très belles épreuves d'artiste.

MONZIÈS

214 — La Folie d'Hugo van der Goes, d'après WAUTERS.
— Nature morte, d'après CHARDIN. — Portrait, d'après
LATOUR.

Quatre pièces, très belles épreuves d'artiste sur Japon.

215 — Le Peintre. — Joueur de mandoline

Deux pièces, très belles épreuves d'artiste.

MORDANT

216 — Paysage, d'après J. DUPRÉ. — Mariage, d'après
ISABEY. — Enfant aux Cerises, d'après J. RUSSELL, etc.

Quatre pièces, très belles épreuves d'artiste.

MORDANT, MONTEFIORE

217 — Les Cerises, d'après EDELFELT. — Etudes, d'après
FROMENTIN.

Quatre pièces, très belles épreuves d'artiste sur Japon.

MORSE

218 — Brume du matin, d'après J. LEFEBVRE. — Daphnis
et Chloé.

Deux pièces, belles épreuves d'artiste sur Chine.

MULLER

219 — L'Orage, d'après FARQUHARSON.

Très belle épreuve d'artiste avec remarque. Signée.

NORMAND

220 — M" Paillet.

Très belle épreuve d'artiste sur Chine, avec dédicace.

OUDART, PIRODON

221 — Paysages, d'après HARPIGNIES. — Tigre attaquant un buffle, etc.

Quatre pièces, très belles épreuves d'artiste.

PAGE

222 — Lever de lune.

Très belle épreuve d'artiste avec remarque.

PENET

223 — Le Dante rencontre Mathilda, d'après A. MAIGNAN.

Très belle épreuve sur Chine.

PRUDHON (D'après)

224 — Portrait de Mme Jarre, par ARDAIL.

Très belle épreuve d'artiste.

RAJON (P.)

225 — Le Nouveau-Né, d'après VIBERT.

Très belle épreuve d'artiste.

226 — Jeune Fille, d'après GREUZE.

Très belle épreuve d'artiste.

227 — Marchande de Fleurs, d'après ALMA-TADÈMA.

Belle épreuve sur Japon.

228 — L'Arquebusier, d'après FABRI.

Belle épreuve sur Japon.

RAJON (P.)

229 — Un Mariage protestant en Alsace, d'après Brion.

Très belle épreuve d'artiste.

230 — Cortigiana, d'après Blanchard.

Très belle épreuve d'artiste sur Japon.

231 — Juan d'Autriche, d'après Vélasquez.

Très belle épreuve d'artiste sur Chine.

232 — Le Repas de famille, d'après J. Steen.

Très belle épreuve d'artiste sur Chine.

233 — La Mère de Rembrandt.

Très belle épreuve d'artiste.

234 — Barbey d'Aurevilly.

Deux pièces, belles épreuves d'artiste.

235 — Portrait de Mlle Delaporte.

Très belle épreuve d'artiste.

236 — Portrait de Mme Cleveland.

Très belle épreuve d'artiste.

237 — Le Rév. Martineau, d'après Watts.

Très belle épreuve d'artiste.

238 — Lord Gower.

Deux pièces, très belles épreuves d'artiste.

RAMUS

239 — Enterrement au pays Vallon, d'après Edelfelt.

Très belle épreuve d'artiste avec remarque.

240 — Louis XIV dans les dunes, d'après Tattegrain. — Un Concert, d'après Velders, etc.

Quatre pièces, très belles épreuves d'artiste.

RAPINE (M.)

241 — Baptême à la Campagne, d'après F. GIRARD.

Très belle épreuve de remarque sur Japon. Signée du peintre et du graveur.

ROC BIHAN (AUFRAY DE)

242 — Retour de chasse

Très belle épreuve.

ROSA BONHEUR (D'après)

243 — Génisses. — Veau des Pyrénées.

Deux pièces, belles épreuves.

RUISDAEL (D'après)

244 — Le Moulin. — L'Étang. — Le Gué, etc.

Huit pièces, très belles épreuves d'artiste sur Chine.

SALMON

245 — La Récolte des pommes de terre, d'après HAGBORG.

Très belle épreuve d'artiste sur Japon. Signée du peintre et du graveur.

SPINELLI

246 — Saint Julien l'hospitalier, d'après DAWAUT.

Très belle épreuve d'artiste sur Japon. Signée.

SALMON, TEYSSONNIÈRES, etc.

247 — Le Drapeau, d'après MOREAU DE TOURS. — Charmeur de serpents, d'après FORTUNY. — Samson tuant les Philistins, d'après DECAMPS. — Le Modèle, etc.

Six pièces, très belles épreuves d'artiste.

THÉVENIN

248 — La Mare, d'après ALLONGÉ.

> Très belle épreuve d'artiste avec remarque.

TOUSSAINT

249 — Premières fleurs, d'après CHAPLIN.

> Deux pièces, très belles épreuves d'artiste.

250 — Toro Collante, d'après A. MOROT. — Causerie d'amour, d'après DIAZ. — Les Côtes du Maroc, d'après DELACROIX.

> Quatre pièces, très belles épreuves d'artiste.

251 — Portrait de Femme, d'après COLLIN.

> Très belle épreuve d'artiste.

252 — Andromaque, d'après ROCHEGROSSE. — Partie de cartes, d'après TÉNIERS, etc.

> Quatre pièces, très belles épreuves d'artiste.

UNGER

253 — Eaux-Fortes d'après les maîtres anciens : F. HALS, REMBRANDT, WOUWERMANS, etc.

> Dix pièces, très belles épreuves d'artiste sur Chine.

UNGER, RICHTER

254 — D'après les maîtres anciens.

> Neuf pièces, très belles épreuves dont six d'artiste.

VARIN (A. et E.)

255 — Patrie, d'après G. BERTRAND.

> Très belle épreuve.

VION (H.)

256 — L'Homme à la ceinture de cuir (Portrait de G. Courbet), d'après lui-même.

Très belle épreuve d'artiste sur Japon.

WALTNER (Ch.)

257 — Bords de la Tamise, d'après WALKER.

Très belle épreuve d'artiste sur Japon.

258 — L'Abreuvoir, d'après TROYON.

Très belle épreuve d'artiste sur Japon.

259 — Mme Vigée-Lebrun.

Très belle épreuve avant la lettre.

260 — Vridags van Vollenhoven, d'après J. VAN RAVENS-TEIN.

Très belle épreuve d'artiste sur Japon.

A. MAULDE et Cie, imprimeurs de la Compagnie des Commissaires-Priseurs,
rue de Rivoli, 144.   600—28402

RED. :

19

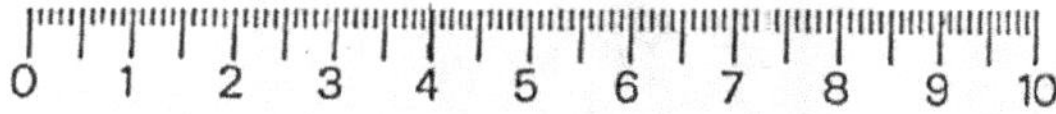

graphicom
379 89 70

MIRE ISO N° 1
NF Z 43-007
AFNOR
Cedex 7 - 92080 PARIS-LA-DÉFENS :

BIBLIOTHEQUE NATIONALE DE FRANCE

****

CHATEAU DE SABLE

1996